W9-AYD-409

La bella durmiente
sleeping beauty

Published by Scholastic Inc., 90 Old Sherman Turnpike, Danbury, Connecticut 06816,
by arrangement with Combel Editorial.

ISBN 0-545-03030-7

12 11 10 9 8 7 6 5 4 3 2 1 6 7 8 9 10 11/0

Printed in the U.S.A.

First Scholastic printing, May 2007

La bella durmiente
sleeping beauty

Adaptación/*Adaptation* Darice Bailer
Ilustraciones/*Illustrations* Jordi Vila Delclòs
Traducción/*Translation* Madelca Domínguez

SCHOLASTIC INC.
New York Toronto London Auckland Sydney
Mexico City New Delhi Hong Kong Buenos Aires

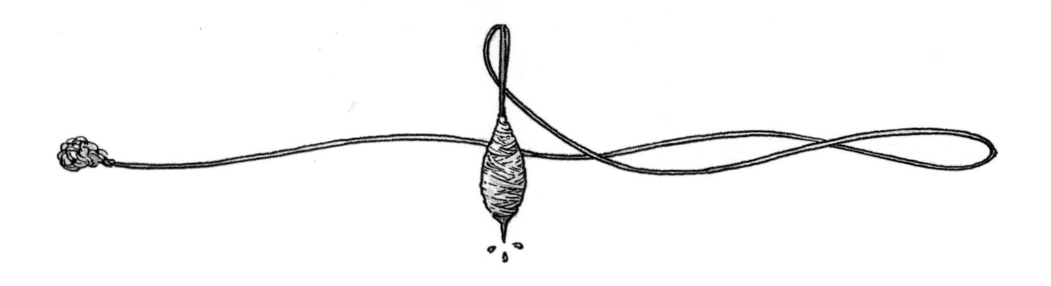

Había una vez un rey y una reina que vivían en un hermoso castillo. Tenían todo lo que se pueda desear, pero no habían podido tener hijos. Finalmente, después de muchos años ansiando tener un bebé, la reina dio a luz una niña.

Once upon a time, a King and Queen lived in a beautiful castle. They had everything they ever wanted—except for a child. Finally, after many years of hoping for a little prince or princess, the Queen gave birth to a baby girl.

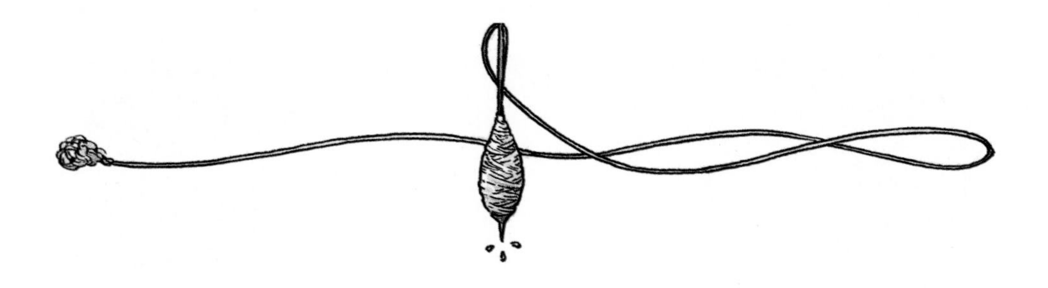

El rey y la reina estaban muy contentos e invitaron a todas las hadas de su reino a bendecir a la pequeña princesa. Con un toque de su varita mágica, una de las hadas deseó que la princesa fuera muy hermosa. Otra deseó que su voz fuera como el trino de un ruiseñor.

The King and Queen were overjoyed and invited all the fairies of the land to bless their tiny Princess. One fairy waved her wand and hoped the Princess would grow up to be beautiful. Another hoped she would sing like a nightingale.

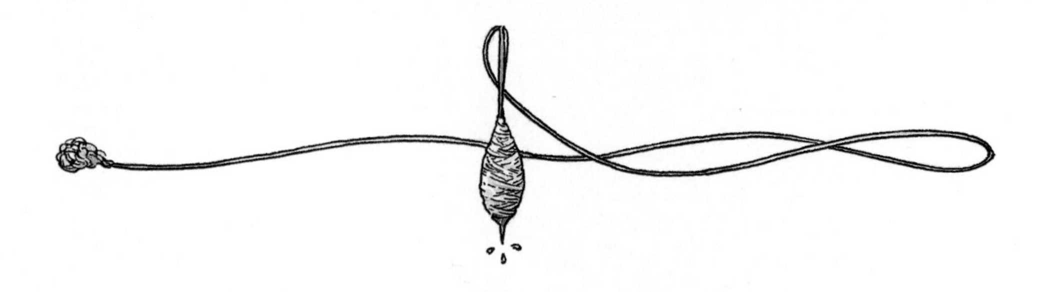

Pero había un hada anciana a la que el rey y la reina habían olvidado invitar. Cuando se enteró de la fiesta, se presentó en el castillo.

There was one old fairy that the King and Queen had forgotten to invite. When she heard about the party, she stormed into the castle.

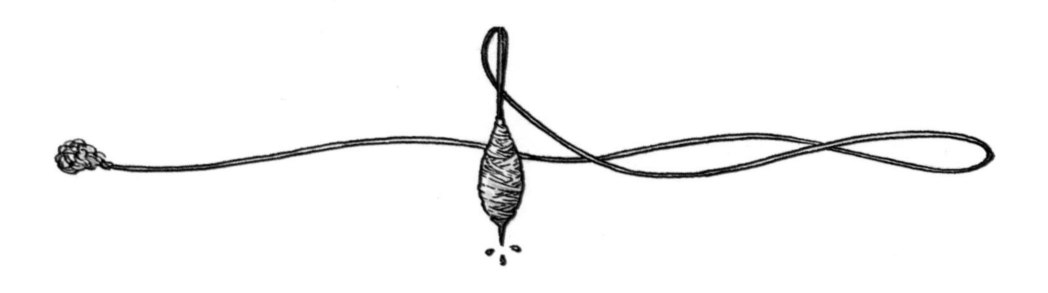

El rey se disculpó con el hada y la invitó a bendecir a la pequeña.

El hada, muy furiosa, se acercó a la cuna y maldijo al bebé.

—Te pincharás el dedo con un huso y morirás —dijo.

The King apologized and invited the fairy to come forward and offer her blessing.

Peering into the cradle, the angry fairy cast a wicked spell. "I hope that you prick your finger on a spindle and die!" she said to the baby.

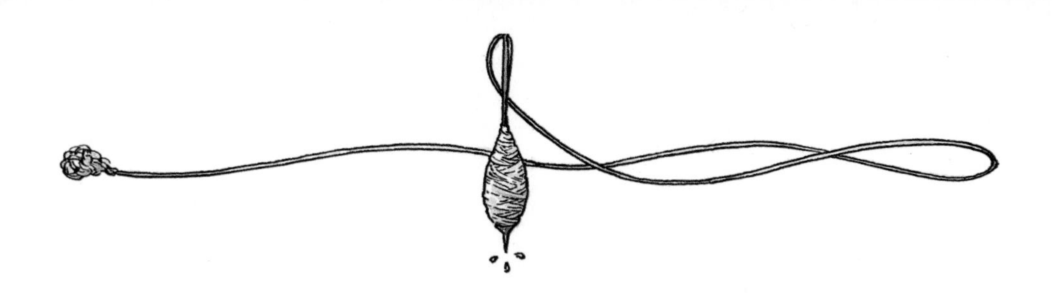

Las otras hadas que se encontraban en la fiesta intentaron romper el hechizo, pero no lo lograron.

—Al menos, yo podré salvarle la vida a la pequeña —les dijo una de las hadas al rey y a la reina—. Si se pincha el dedo, la princesa se quedará dormida hasta que un príncipe la despierte.

The other fairies tried to counter the evil spell, but they could not break it.

"At least I can save your child's life," one of the good fairies told the King and Queen. "If she pricks her finger, she'll only fall asleep until a prince awakens her."

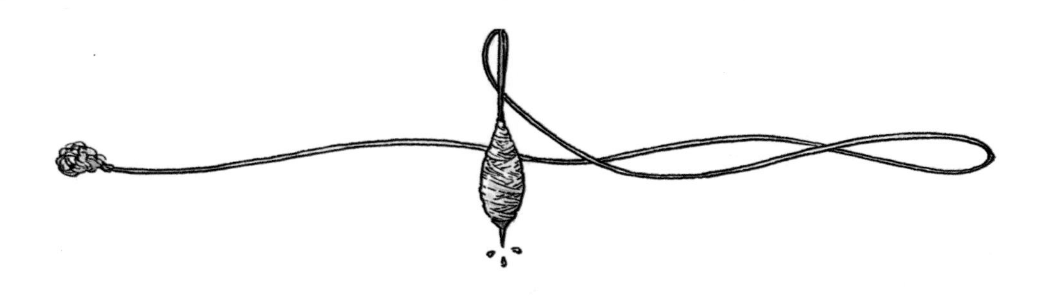

Pasó el tiempo y los deseos de todas las hadas buenas se cumplieron. La princesa se convirtió en una joven hermosa y encantadora.

El rey temía que el deseo del hada mala también se hiciera realidad y mandó quemar todos los husos del reino.

As time went on, the other fairies' wishes came true. The Princess grew up to be beautiful and charming.

Frightened that the evil fairy's wish would also come true, the King proclaimed that all spindles must be burned.

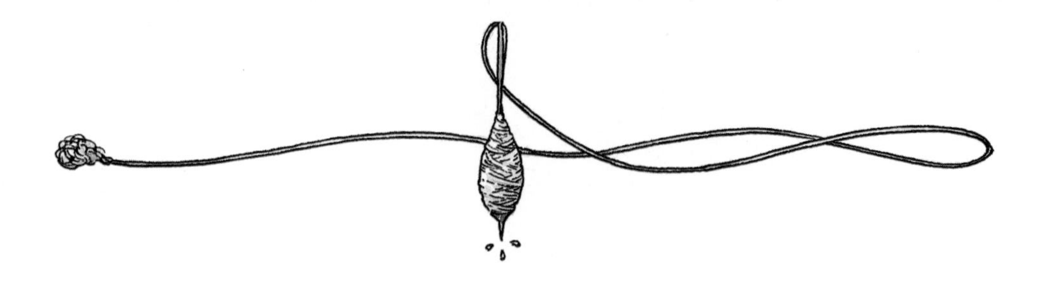

Cuando tenía quince años, la princesa visitó otro castillo y se encontró el último huso que quedaba en el reino. Alguien había olvidado echarlo al fuego.

When she was fifteen years old, the Princess visited another castle and came upon the very last spindle in the kingdom. Someone had forgotten to burn it.

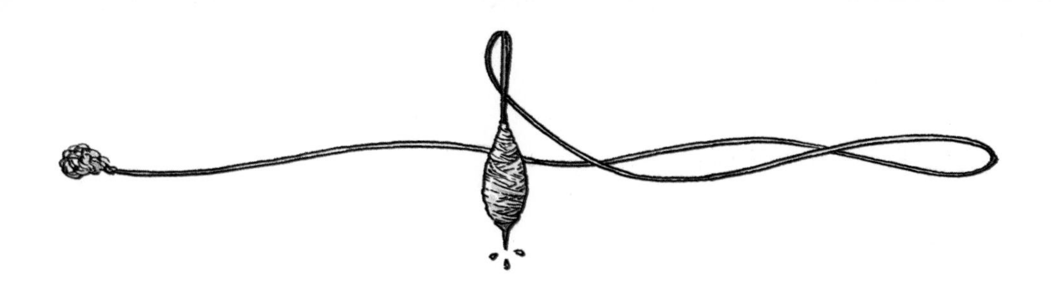

"¿Qué será esto?", se preguntó la princesa dándole una vuelta al huso. En ese momento, la princesa se pinchó el dedo con la punta de la aguja y se quedó dormida.

"What is this?" the Princess asked, picking up the spindle and turning it around. Just then, the sharp point of the needle pricked the Princess's hand and she fell fast asleep.

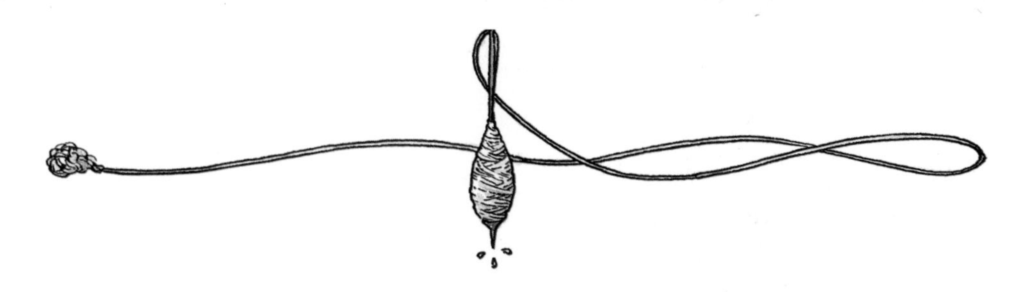

El rey cargó a su adorada hija hasta su habitación y la recostó en su cama de oro. El hada buena hizo que el rey y la reina también se quedaran dormidos para que no envejecieran. Entretanto, la vegetación creció alrededor del palacio.

Un día, un apuesto príncipe encontró el castillo abandonado.

The King carried his beloved daughter to her bedroom and laid her on her golden bed. The good fairy made sure that the King and Queen also fell asleep, and that no one grew a day older. Meanwhile, trees and weeds grew up around the palace.

Then, one day, a handsome Prince saw the neglected castle.

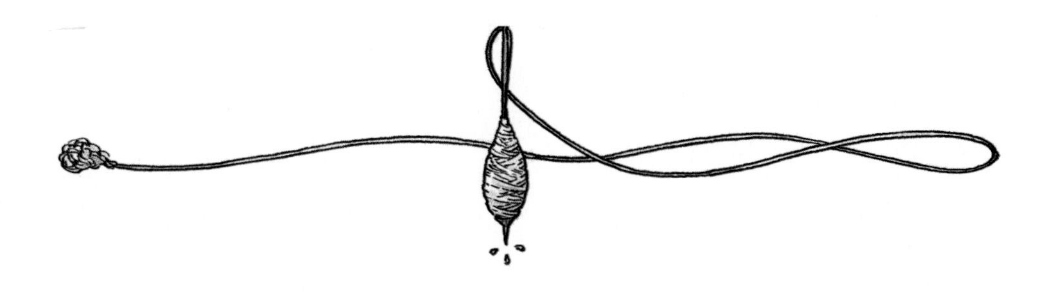

"¿Quién vivirá ahí?", se preguntó el príncipe y recorrió el castillo solitario. El príncipe caminó silenciosamente por todas las habitaciones hasta que descubrió a la princesa dormida. Deslumbrado por su belleza, se arrodilló y la besó.

I wonder who lives there? *the Prince thought and explored the forgotten building. The Prince walked quietly through every room until he discovered the sleeping Princess. Thinking she was the most beautiful girl he had ever seen, the Prince fell on his knees and kissed her.*

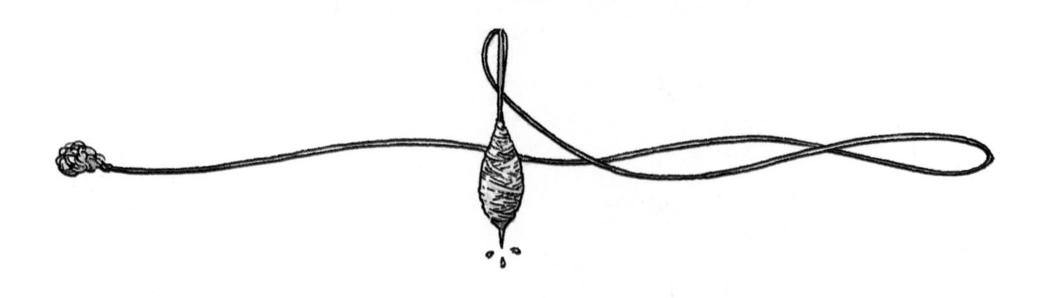

De pronto, el hechizo se rompió y la princesa y sus padres despertaron. El príncipe le pidió a la princesa que se casara con él y juntos se fueron a su palacio donde vivieron muy felices.

Suddenly, the spell was broken and the Princess and her parents awoke. The Prince asked the Princess to marry him, and they rode off to his castle where they lived happily ever after.